INDICE

La Novia de la Guaira

Una de las tantas historias sobre fantasmas al lado del camino, sucede desde mediados del siglo XX en una antigua carretera de Venezuela, que comunica la capital de Caracas con la ciudad de La Guaira, ubicada en la costa. en esta vieja vía -usada en antaño por los caraqueños para ir a la playa, antes de que se construyera la actual autopista- se puede ver, en las noches, la figura de una mujer, que vestida de novia...aparece pidiéndoles a los conductores que la lleven.

Según la creencia popular, se trata del espíritu de una joven llamada María José Cárdenas, quien era una joven caraqueña, que durante los años cincuenta, pasaba sus fines de semana en las playas venezolanas, en las cuales un buen día conoció a un muchacho, que vivía en esa costa. El amor nació entre ambos jóvenes, estos esperaban toda la semana, para poder verse los sábados frente al mar. Pasado un tiempo decidieron casarse, y como María no tenía familia, la pareja planificó una ceremonia sencilla, en medio de la playa donde se conocieron.

El día de la boda, vestida de novia, María tomó un taxi que la llevara desde Caracas hasta la población costera de La Guaira, donde sería la boda. Sin embargo, a mitad del camino el carro se descompuso, dejando a la ansiosa novia sin transporte. Cuentan que María se bajó del taxi, y comenzó a pedirles a los viajeros que la llevaran. Por fin un conductor se detuvo y la invitó a subir. Para desgracia de la futura esposa, el chófer iba ebrio, razón por la cual en una de las curvas más peligrosas de esta carretera venezolana perdió el control, cayendo al abismo, que terminó con su vida y la de la joven muchacha. Desde entonces –según cuentan los conductores- tarde en la noche se puede ver a "La Novia de la Guaira" pidiendo a los carros que pasan, que por favor la lleven hasta el pueblo costero, para casarse.

Dicen que los conductores que se detienen, y la dejan subir a su carro, sienten un agradable olor a jazmines y durante el viaje se van prendando de la belleza de la misteriosa novia,

3

hasta que llegan a una peligrosa curva, y la mujer exclama "en esta curva me maté yo", antes de desaparecer. Tal evento hace que los conductores pierdan el control del vehículo. Sin embargo, según la creencia popular, el fantasma de la novia sólo se venga de los conductores ebrios, mientras que a los que manejan bajo sus cinco sentidos los salva, dejándoles su ramo de flores en el asiento del carro, donde iba sentada.

A otros a los que tampoco parece irles bien es a quienes la ven, pero no se detienen a recogerla. Según el testimonio de algunos viajeros, cuando eso sucede, la novia comienza a seguir el carro, y aunque el chófer acelere al máximo, verá siempre a la mujer al lado de su ventana, gritándole "¿por qué no me llevas?" hasta que igualmente de tanta velocidad por escapar, la mayoría sufre accidentes en la mortal carretera.

Al parecer, la "Novia de la Guaira" sigue habitando la vía donde perdió sus esperanzas de ser feliz con el amor de su vida, buscando la manera de poder llegar por fin a la hora exacta a su boda frente al mar. Y aunque esa carretera ya no es muy usada por los viajeros, aún existen los que por acortar camino la usan, y dicen haberse encontrado cara a cara con el fantasma de María José Cárdenas.

El Enano de la Catedral

En Venezuela, en la caracas colonial, donde los fantasmas son sinónimo de cuentos pueblerinos, una de las leyendas más resaltantes es el del enano de la catedral. Según se cuenta en la catedral de caracas, al pasar la medianoche, aparece un espectro de aspecto simpaticón, un enano con un aspecto de amabilidad y una sonrisa amistosa. Pero lo que en realidad es, un demonio del infierno capaz de matar de un infarto a aquel que se atreva a arriesgarse o simplemente quiera ser valiente y pasearse por ese lugar luego de las 12 de la madrugada y esperar encontrárselo. Una historia que he escuchado mucho cuenta que un hombre, un buen mozo como le decían en ese tiempo, se paseaba por los aledaños de la catedral, camino a encontrarse con su enamorada, el hombre iba caminando cantando y tomando ron, para poder calentarse y que se le calmara el frío del camino.

Mientras más avanzaba, más nervioso se sentía, no sabía si era por la soledad del lugar o porque simplemente, ya estaba cerca de su enamorada. En un momento inesperado, sintió que alguien lo seguía, pensó que era un ladrón o, un espectro de esos que contaban los abuelos. El hombre sintió de repente ese "algo" a su lado y no quiso voltear, pero al sentir un aullido volteo espantando, y al ver a un perro harapiento y viejo, se echó a reír tan fuerte que se escuchaba su eco un poco más a una cuadra. Al llegar a la entrada de la catedral, visualizo una silueta detenida ahí mismo, se acercó y vio un hombre muy enano vestido de la época colonial, con un sombrero alas anchas y punta chata, el hombre al verlo lo saludo con una mano, y el muchacho algo confundido, pensando en que haría ese enano ahí hizo lo mismo, en ese momento el espectro le hace un gesto que se acerque y le dice que por favor le de fuego para su cigarro, el hombre para no querer ser falta de respeto saca su yesquero y prende su cigarro, pero la advertencia de los abuelos era cierta "no le des fuego al cigarro del enano" porque al hacerlo el hombre sufrió el mayor miedo mortal en toda su vida, el enano de repente sonrió diabólicamente, mostrando unos colmillos muy afilados, de repente el enano comenzó a crecer y a crecer, mientras el caminante veía aquel ser de inframundo, paralizado sin poder hacer nada, el enano seguía estirándose hasta que llego a la altura de la torre catedral, en ese momento vio al hombre, desde su altura y le dijo con voz infernal "gracias por el fuego, amigo, ahora, quieres ir conmigo a un lugar donde si hay fuego de verdad?" mientras se reía endemoniadamente. El hombre, asustado, aterrorizado, se persignó, rezo cuantas veces pudo mientras corría agarrando su cruz de palma que siempre guardaba en su bolsillo.

Demás está decir que aquel hombre dejo de buscar enamoradas en la mitad de la noche, y las fiestas a altas horas de la noche.

El chiste de que aquel espectro, el famoso "Enano de la Catedral", era "antiadeco", pues apenas Rómulo Betancourt se montó en el gobierno, éste desapareció.

La Sayona

La Sayona fue una mujer muy bonita que era esposa de un hombre muy mujeriego, poseía varias amantes. El nombre verdadero de La Sayona es Timotea.
Cuenta la leyenda, que una vez, mientras su marido dormía, ella escucho que él mencionaba el nombre Casilda, este nombre corresponde al de su madre. Como ella no confiaba en su marido supuso que una de las amantes de su marido era su propia madre. La mañana siguiente salió muy temprano a casa de su mamá y llevaba entre su vestido un cuchillo muy afilado. Cuando su madre le ofreció café ella le introdujo el cuchillo en el estómago y su madre, agonizando, le dijo:

- ¿Por qué? ¿Por qué lo haces?
- Tú también eres amante de mi esposo
- Una madre es sagrada – le decía, ya casi muriendo – serás una mujer maldita. Me voy a la tumba tranquila pero tú, tú te convertirás en un

ser despreciable, y nunca encontraras consuelo ni descanso, vagaras por toda la eternidad persiguiendo a los hombres.

En este justo momento, empieza a vagar por los estados venezolanos; La Sayona, apareciéndole a los hombres en el monte, o en la sabana y es aparentemente una mujer muy bella, de cabellos largos y sedosos y de cuerpo hermoso y atrayente.

Los hombres que la ven se enamoran al instante, ella dichosa acepta las proposiciones que se les hacen y se los lleva al monte, una vez que la quieren hacer suya, ella se trasforma de manera inmediata, grita de manera desesperada, sus dientes se convierten en afilados colmillos, su pelo se le alborota completamente, sus uñas se convierten en garras, por la boca echa fuego y los ojos son como dos pelotas de sangre.

Los hombres generalmente se vuelven locos o mueren de inmediato, y solo algunos viven para contarlo. Aquellos hombres que saben de la existencia de La Sayona, cuando viajan solos llevan una cruz de palma bendita y al mostrársela huye despavorida. Ella se esconde generalmente en los riachuelos, en la sabana y los llanos del Estado Apure. En la actualidad, se dice que La Sayona es la mujer del demonio.

En una ocasión, un hombre valiente, con el fin de terminar con su maldición, quiso castigar a La Sayona, se sabe que el anciano se puso la ropa interior al revés, que la buscó, llevando a escondidas unas ramas de altamisa y cuando le salió La Sayona, le rezó el Credo al revés, al castigo duro con las ramas de altamisa pero no pudo quitarle el encano ni sacarla de su maldición, por lo que La Sayona sigue deambulando por los llanos, y sus alrededores.

El Silbón.

El Silbón es la historia de un jovencito mimado, el cual era consentido por sus padres sin mayor conocimiento de la palabra respeto, tanto así que un día se le antojo comer "asadura", lo que es igual a hígado, corazón y bofe, razón por la que el padre decide tomar su escopeta saliendo de casa en plan de cacería. El hijo cansado de tanto esperar a quien para altas horas de la noche aun no llegaba, va en busca de su padre escopeta en mano, tras caminar por el llano lo logra al fin divisar pero ¿Cuál sería su sorpresa? Que su padre no había logra complacer su antojo, razón por la que decide sin más remedio matar a su progenitor para de esta forma sacarle las vísceras y llevárselas a su madre para ser cocinadas, no sin antes meter los huesos del cadáver un pequeño saco.

La señora intento preparar las vísceras a su hijo, pero al cuestionar la tardanza de su esposo y lo extraño de las "asaduras", empieza a interrogar al muchacho, quien confiesa su pecado, siendo maldecido "pa´ to´ la vida", intentando huir del lugar es perseguido por su hermano Juan quien le sonó una tapara de ají y le "echo" a un perro de nombre "Tureco", animal que lo acompaña hasta el fin de los tiempos mordiéndole los talones.

También existe otra versión, siendo la anterior la más popular, sin embargo en esta un tanto diferente pero con final similar se narra la historia de un muchacho enfurecido por la traición de su padre, personaje que mato a su yerna, por lo cual el hijo en un ataque de furia termina matando a su padre en venganza por tal ingratitud. Al conocer el hecho, el abuelo mandó a enlazar al joven a un poste de madera en medio del llano para posteriormente destruirle la espalda a latigazos lavando sus heridas con agua hirviendo y liberarlos junto a dos perros rabiosos y hambrientos pero antes de todo ello lo maldijo y lo condeno a cargar los huesos de su padre por el resto de la eternidad.

El silbón habita en Los Llanos venezolanos, vagando en verano por sus tierras, recogiendo polvo en sus manos y metiéndola en su saco, en invierno cual alma errante vaga con sed de muerte, agregado al inmenso placer que le causa castigar a borrachos, vagabundos y mujeriegos, incluyendo a una que otra víctima inocente en su larga lista. Cuentas los llaneros que a los borrachos les succiona el ombligo tomando todo el licor que alberga su cuerpo, mientras que a los mujeriegos los descuartiza, tomando sus huesos para ser metidos al respectivo saco que lleva a la espalda. También se dice que El Silbón suele aparecer en las casas sentándose a contar los huesos, si más de una persona lo escucha silbar no pasará nada pero si no es escuchado de seguro uno de los habitantes de la casa no volverá a despertar.

Su silbido es característico, quienes han tenido la oportunidad de verlo o escucharlo dicen que cuando se percibe cerca es porque no hay peligro pero han de tener precaución aquel que lo escuche lejos porque de seguro el silbar está más cerca de lo cree y con ello es innegable la muerte, para la protección del perseguido recomiendan el uso de ají o el ladrido de un perro, pues nada lo espanta más que recordar su pasado.

La Leyenda del Rio Tórbes.

Barrancas, al noroeste de San Cristóbal, está entre la margen izquierda del río Tórbes y las montañas. Terreno dedicado al cultivo, cría de animales domésticos, pequeñas industrias y especialmente a la elaboración de ladrillos. La familia Guerrero se retiró temprano a descansar. El trajín del día en la granja, entre el cuidado de los pollos y la poda de los árboles frutales los había dejado rendidos. Pasada la media noche uno de los niños llega llorando a la habitación de sus padres.

– ¡Papa, ahí hay un toro, tengo miedo!

Con los gritos del niño se despertaron los seis muchachos casi todos grandes. El pequeño siguió llorando y repitió:

– ¡Ahí hay un toro...!

Y en efecto, en la soledad de la noche se escuchaban unos horribles bramidos de toro seguidos de un ruido ensordecedor. Todos estaban asustados y miraban a sus padres interrogantes.

Los pequeños se abrazan a su madre. Los mayores se sentaron al borde de la cama. el señor Guerrero preguntó:

– ¿Qué hora es?

– La una de la mañana.

– ¿A qué día estamos? Volvió a preguntar.

– A primero de Noviembre.

– ¡Claro, es eso! – dijo casi para sí.

– ¿Qué es lo que es "claro"? – preguntó la esposa.

– Que hoy es el día de las ánimas.

– ¿Y qué tiene que ver eso con los bramidos del toro?

– Mucho, ya les cuento: Todos los años, en el día de los difuntos, el río crece y amenaza con llevar todo a su paso. A veces hasta se sale de su cauce. Unas veces, crece en silencio y nadie se da cuenta, pero otras, como ocurre hoy, viene acompañado de ruidos extraños y terribles bramidos. Lo curioso de estas abundadas es que no suceden en época de lluvia ni está lloviendo en las cabeceras del río o en quebradas que lo surten. Generalmente esto ocurre en la madrugada. Estas crecidas llevan a su paso todo lo que encuentran, pero no se preocupen, que el río está bastante distante de la granja. Dentro de unas horas sus aguas se habrán aquietado. Váyanse a dormir.

Capilla del Niño Jesús.
Llanitos, Cordero

Abandonado en un viejo cajón de madera encontró Edita Sánchez al llamado milagroso Niño Jesús del Llanito, en un parque de la ciudad de Valencia, estado Carabobo. Tiempo después, ella con mucho esfuerzo logró hacerle una capilla, pues él le salvó su vida.

Hacia finales del año 1968 Edita Sánchez se enfermó gravemente, su hija Marina decidió entonces llevarla a Valencia en busca de la cura para su padecimiento. Durante su estadía en esa ciudad se paseaba por un parque cuando allí, al lado del camino tropieza con un viejo cajón de madera en donde se encuentra un muñequito de plástico que no tenía pie ni mano; Edita recogió la figura: "Jugué un buen rato con él, pues tenía un atractivo muy especial para mí, luego lo guardé en una caja de fósforos y me la llevé conmigo". Al terminar el tratamiento para su enfermedad decidió no desprenderse más de su muñequito querido como lo llama cariñosamente, se lo trajo para Cordero sin imaginarse siquiera lo que esto significaría para su existencia.

Ya en esta población la vida transcurría lentamente, sin embargo, Edita siguió enferma, no lograba recuperarse de sus males y así pasaron tres años hasta que es internada en el Hospital Central de San Cristóbal en donde fue desahuciada por los médicos "Llegué a pesar cinco kilogramos en huesos y la sangre la tenía casi en cero".

Edita fue catequista desde el año 1930, es muy creyente y siempre ha tenido confianza en que Dios la ayudará, a pesar de haber estado al borde de la muerte no perdió la fe y es así cuando al despertar del día 16 de septiembre de 1971, por primera vez en mucho tiempo tiene ánimos de pararse y comer. Asegura esta tachirense fiel a su religión que esa mañana fue como el "amedrento" del personal médico del hospital, ya que todo el que sabía de su estado esperaba de un momento a otro que llegara su muerte y "A nadie le pasó por la cabeza que una persona que estuviese en el estado en que yo me encontraba pudiera pararse y caminar".

Cuenta la señora Edita con lágrimas en los ojos que "Esa mañana del 16 de septiembre, me bañé y desayuné y aunque casi no podía comer, sin embargo pasé algo y luego me recosté en la cama, a eso de las diez de la mañana entró un señor muy joven y buen mozo vestido de azul, y me preguntó: ¿edita estás mejor?, y yo le contesté: ese es mi muñeco querido. Y él dijo: en tus manos haré milagros". Fue en ese instante en que hubo la verdadera revelación de Dios, a través de una persona llena de dulzura y bondad.

Después de ese momento entró el médico encargado y le preguntó: ¿Edita estás mejor? Y ella le respondió: "Sí y muy feliz. Yo el lunes a las 10:00 AM me voy, mis hijos me vienen a buscar y con mis manos y gracias al Divino Niño voy hacer milagros. El doctor me preguntó: ¿para qué se va a su casa si allí sólo pasa hambre? Después de ese episodio, al salir del cuarto les aseguró a todos que "la resucitada estaba loca".

Efectivamente, el lunes a las 10.00 AM tal cual le fue anunciado, los médicos le dieron de alta y regresa de nuevo a su casa ansiosa por buscar su muñeco y cuál sería su sorpresa cuando no lo encuentra; tres días permaneció desaparecido y es sólo hasta el jueves en horas de la mañana que lo consiguió.

Explica edita que el primer milagro realizado por el niño Jesús del Llanito lo hizo con su hija quien estaba llena de llagas por todo su cuerpo, y luego de mucho suplicarle por su curación, este la sanó.

Y es así como comienza sin parar la historia de milagros de este pequeño niño, la humilde casita en donde vivía Edita se convirtió en el santuario de todos y, con el dinero que daban los devotos y con los presentes de oro y plata que le ofrecen, esta mujer construyó la capilla que hoy se levanta a orillas de la carretera de la Aldea padre Lamus en el Llanito.

Actualmente, después de muchos años y luego del milagro el Niño Jesús se ha terminado de formar, ya su manita y piecito están totalmente normales. El milagro está allí a la vista de todos y muchos son los fieles que vienen de todas partes de Venezuela y otros países solamente para verlo.

El Soldado de Vega de Aza

Antonio venía con su ayudante de vender su mercancía en el Llano. Se detuvo un momento en la alcabala de La Pedrera.

El guardia pregunto:

.- ¿Puede darle la cola al joven?

.- Si, pero tendrá que ir en la parte de atrás de la cava.

.- No importa, el caso es que lo lleve hasta Vega de Aza, se le acabo el permiso y mañana temprano debe incorporarse al batallón donde presta servicios.

.- Muy bien, lo llevaremos hasta Vega de Aza, pase.

Un joven espigado, blanco, de cabello corto entra en la parte posterior de la camioneta y se sentó en el suelo al lado de unas cajas. El joven con cara de niño portaba el uniforme de los soldados.

Antonio cerró las puertas, echo llave y se subió

al vehículo.

Dejaron atrás la llanura y comenzaba a divisarse la cadena de las montañas. Una brisa cálida cargada de aromas les daba en el rostro. La noche con su manto cubría las cosas. Solo se veían los focos de los automóviles y las luces de alguna casa esparcidas al borde de la carretera. Antonio le dijo a su ayudante:

.- Estamos cerca de Vega de Aza, nos detendremos un momento para dejar al joven. La carretera estaba muy oscura. Antonio le dio a su ayudante una linterna para que alumbrara la cerradura y así abrirle la puerta al soldado. Se bajaron, abrió la puerta de la cava al tiempo que decía:

.- ¡ Hemos llegado joven, mañana puede incorporarse sin problemas a su batallón!.

Como no salía el soldado alumbro con la linterna el interior de la cava y solo vieron las cajas en el rincón. Al unísono preguntaron:

.- ¿Por dónde salió?

Confundidos entraron en la camioneta y prosiguieron la marcha.

No podían imaginarse como el joven había salido con las puertas cerradas.

Antonio no se queda conforme, tenía que aclarar el enigma. En sucesivos viajes al llano averiguo que Ezequiel había prestado su servicio militar en Vega de Aza. Un día antes de vencer su permiso y cuando se disponía a regresar al cuartel, perdió la vida en una riña colectiva entre jóvenes del lugar.

Cuentan que su ilusión por terminar el servicio

militar era tan grande que todavía persiste en su intento de llegar a Vega de Aza. Son muchas las personas que lo han llevado y a todas les ocurre lo mismo que a Antonio.

¿Quién eres tú?

Después de graduarme de bachiller en el liceo de mi pueblo en julio de 2001 empecé a hacer un curso de auxiliar de secretariado bancario en un instituto reconocido a nivel nacional llamando Instituto Nacional de Cooperación Educativa más comúnmente conocido como INCE, asistía a la teoría por las tardes y en las mañanas trabajábamos para un banco en calidad de pasantes o becarios y recibíamos un pequeño salario que aunque no era mucho nos permitía mantenernos.

Para poder ahorrar en gastos de vivienda compartía habitación con mi primo Doan porque el curso era en San Cristóbal a unos 100 kilómetros de mi pueblo y no podía viajar diariamente porque las condiciones de las vías y carreteras no eran las más adecuadas y un viaje de ida solo podrían ser 3 horas.

Una fría noche de febrero estábamos aburridos y compramos en una tienda del barrio dos litros de miche blanco, es un licor casero propio de la región para darle un poco de ánimo a aquella noche.

-¡Vamos a bebernos las botellas en la plaza!

-Sí, es el mejor sitio para beber sin que nos moleste la policía.

Llegamos a la plaza y en menos de una hora ya teníamos la primera botella evaporada con el calor de las historias y cuentos que contábamos de cuando éramos niños y nos íbamos con la familia de paseo a la finca del paramos del zumbador, entre risas, llantos y una que otra dormitada empezamos el segundo litro de aquel sabroso licor casero.

Mi reloj marcaba ya las 11:10 de la noche y una delgada y pero fría niebla empezaba a asomar su cara, enseguida vimos a un chico que caminaba en dirección a nosotros con una guitarra colgada de su cuerpo, él tenía aspecto algo rockero con una chaqueta de piel negra, pantalones vaqueros azules un poco rotos y el pelo largo hasta los hombros, llega a nosotros y nos dice:

-hola, ¿puedo quedarme con ustedes aquí? Si me dan algo para beber podemos tocar unas canciones.

-¡Claro! ¿Por qué no? Respondí algo asustado pero con ganas de cantar alguna canción.

Mi primo y yo no sabemos si fue la mezcla de alcohol, sueño y oscuridad pero su rostro era algo imposible de ver o de identificar con claridad, pasaron los minutos y la botella de aquel buen brebaje pasó a ser problema de nuestros hígados y sin saber que hacer se escucha la voz de nuestro visitante que me pregunta:

-¿Dónde te has hecho ese tatuaje?

-¿Cómo sabes que tengo un tatuaje?

-Sé que tienes tatuajes en ambas piernas, tienes a la parca en tu pierna izquierda y en la pierna derecha un tatuaje de una banda de rock que te gusta mucho.

-Tu ¿cómo carajos sabes que yo tengo tatuajes?

Esta pregunta habría sido un poco tonta si no fuese porque era la primera vez que veía a este chico y yo en ese momento tenía un pantalón largo y mis tatuajes no podían verse, a lo que él me contestó con una sonrisa hipócrita y algo siniestra:

-Yo lo sé todo, se mucho más de ti que tú mismo, se mucho más de ustedes dos que ustedes mismos.

Esta expresión resulto en mi grosera y desafiante ya que siempre he sido impulsivo y algo terco. Después de unos segundos me mira fijamente y me dice:

¿Tú crees en Dios?

¡Claro que creo! Respondí inmediatamente con tono agresivo

Acompáñame al cementerio, te demostrare que tu dios no existe.

Estas palabras me hicieron enfadar aún más y acepte su apuesta y empezamos a bajar las calles casi verticales de Táriba al tiempo que no pronunciamos ninguna palabra hasta unos 5 minutos después cuando él nos pregunta si podíamos guardar su guitarra en nuestra casa para que no se estropeara, y sin duda alguna le dijimos que sí. Al llegar a casa yo me arme con unos aromas que me había regalado una señora que leía cartas y que me las dio para que me mantuviera alejado de malos espíritus e influencias negativas, mientras mi primo Doann se metía en sus pantalones un cuchillo de gran tamaño "por si acaso".

Fuimos a la parte trasera del cementerio donde se podía acceder sin problema ya que la pared estaba caída por cachos, justo al entrar mi primo me dice:

-Toma loco, coge el cuchillo que tú no sabes quiénes estarán allí abajo, yo no voy a entra porque tengo mucho miedo.

-Tranquilo primo, yo no soy tonto que si me quieren joder me llevo a más de uno con este cuchillo.

Al guardarme el cuchillo en mi cintura escuchó una voz que me dijo:

-No te servirá de nada ese cuchillo, donde vamos no te servirá

-Lo llevare porque no sé qué me espera allí abajo, no sé si tienes a alguien esperándome para hacerme daño, yo no te conozco y la idea de venir ha sido tuya, le dije.

-¡jajajajaja!. Fue su respuesta

Mi primo se fue a casa y yo comencé a bajar hacia el centro del cementerio con nuestro invitado tenebroso, habríamos caminado unos 15 metros cuando se detiene y con un mechero para cigarrillos alumbra a mi cara y seguidamente a una lápida y me dice:

-Esta es la tumba más vieja del cementerio, esta desde el 12 de febrero de 1890.

No respondí nada pero me dio bastante miedo aquella forma de hablarme y de caminar pero quería demostrar que no era ningún miedoso y seguí con él bajando entre aquellas tumbas viejas. Unos metros más adelante nos detenemos de nuevo y él se sienta en una tumba, agacha su mirada y con voz quebrada y llorosa me dice:

-¿Sabes lo que se siente vivir con un espíritu que te acosa y te persigue constantemente? ¿Qué no te deja respirar ni vivir?

-No lo sé y la verdad nunca lo he sentido, debe ser muy difícil.

Él coge su mechero y alumbrando la lápida de la tumba donde estaba sentado se deja ver iluminada pero poco apreciable una fotografía de la persona que yacía en esa tumba la cual era exactamente igual a él, yo asustado doy un pequeño grito de miedo y asombro diciendo:

-¿Qué mierda es esto? ¿Quién es él?

-Mi hermano, murió hace dos años, se ahorco en su habitación y desde entonces yo no tengo vida.

-¡Lo siento mucho!

-Vamos a lo que hemos venido.

Se levanta de la tumba y emprendemos de nuevo la caminata hasta el interior del cementerio, en poco tiempo llegamos a una zona descampada y me dice:

-Túmbate en el suelo.

-No lo hare, no quiero.

-Túmbate, no te hare daño

-¡No quiero coño, no me tumbare al suelo!

-Por eso vivirás mucho, vas a morir de anciano, vivirás hasta los 81 años, tienes mucho carácter y un gran aura te protege, si no sería por eso ya te habría matado aquí mismo.

Inmediatamente recorrió un escalofrío por todo mi cuerpo como nunca había sentido e inmediatamente después dijo algo aun peor.

-Dame un dedo de tu mano

-¿Qué dices? ¿Estás loco hijo de puta?

-Tranquilo, solo quiero que me des el control de un dedo de tu mano, vivirás siempre feliz, te daré lo que tú más anhelas en la vida, dinero, mujeres hermosas, los mejores coches del mundo, solo tienes que darme el control de un dedo de tu mano.

Aquella conversación sombría fue para mí algo que me dejo sin habla, sin respuesta inmediata y después de un tiempo unos 2 minutos más o menos le dije que no, con lo cual él me dijo que me iba a arrepentir el resto de mi vida el haber estado esa noche con él al cementerio.

-Tendrás una vida larga pero te arrepentirás de haber estado conmigo hoy aquí.

-No creo que sea así, tengo una personalidad muy fuerte como para dejarme manipular por ti de esta manera.

En un momento que no entendí deje de verle y logre apreciar que había entrado a una pequeña capilla situada en el centro del cementerio, fui corriendo hacia él con más miedo que ganas de vivir y al llegar lo busque por todos los rincones de la capilla pero no le pude encontrar, era muy raro aquel panorama ya que la capilla era muy pequeña y solo tenía una puerta de entrada que era la misma de salida además no contaba con ventanas ni nada por donde pudiera haber salido; me marche de manera apresurada y empecé a subir de nuevo todo el cementerio hacia mi casa y después de una maratoniana carrera llegue por fin; para mi sorpresa le veo allí fuera de casa con mi primo, sentados en el borde de la acera de la calle cantando con la guitarra.

En ese momento no supe que hacer, no sabía que decir, la rabia invadía todo mi ser y con una gran impotencia grite:

-¿Por qué me has dejado solo allí? ¿Por qué te has ido?

-Yo he estado aquí desde hace mucho, tú has querido entrar sólo al cementerio

-¿De qué hablas?, y tú Doan ¿Por qué me has dejado allí tirado? No se supone que eres mi familia...

-Primo yo no te he dejado solo, tú has bajado con él y yo me he marchado como quedamos y a los dos minutos él me alcanzó y me dijo que tú habías querido entrar solo al cementerio porque había alguien que a ti te gustaba y querías estar solo, yo la verdad tenía mucho miedo como para regresar

En aquel momento me sentí confundido, no sabía que creer, y le hice una pregunta, una pregunta que me salió del alma y mirando fijamente a sus ojos dije:

-¿Quién eres tú?

-Me llamo Chucho

-Me has enseñado una tumba con una imagen de un fallecido igual a ti, ¿Quién era?

-Tú has estado allí abajo con mi hermano Frank, el falleció hace dos años, él me sigue y me atormenta desde entonces.

Le pedí a Chucho que se fuera, que no quería volver a verlo nunca más y así fue, han pasado ya casi 20 años de aquel incidente, de aquella anécdota que marcaría mi vida ya que si bien no puedo decir que como ese espíritu o cosa me dijo me iba a arrepentir el resto de mi vida de haber estado con él esa noche en el cementerio es cierto que esta historia me acompañara siempre en mi memoria.

Hay personas que conocen de estos temas paranormales y me han dicho que sin duda yo esa noche estuve con una materia paranormal, con un ente que no era de este mundo pero que no hay forma de saber si era el espíritu de Frank el hermano de Chucho fallecido o un espíritu maligno o demonio que se aprovechan de estos canales para aparecer y hacer florecer en ti tus más bajos instintos.

FIN

Esperamos que estas historias sean para usted un entretenimiento, a usted que le gusta las leyendas y relatos de historias de terror y suspenso. Se ha hecho con todas las ganas de hacer que nuestras historias de terror venezolanas sean reconocidas en diferentes zonas del mundo.

Printed in Great Britain
by Amazon

52351278R00021